THE HALLOWEEN PICTURE SHOW

The
HALLOWEEN
Picture Show

Jack Felson

Two Colors

ISBN: 978-09565580-5-3

1.

Ce fut la troisième fois que Paul essaya d'empêcher son fils de passer sur le siège avant droit de son véhicule, alors qu'il était au volant.

— Ça suffit, Damien! dit-il en le repoussant en arrière. Je t'ai déjà dit que c'est interdit d'être devant!

— Mais pourquoi?

— Je te l'ai déjà expliqué! Tiens-toi tranquille, sinon je fais demi-tour.

Damien se rencogna dans son siège, qu'il jugeait trop grand pour lui tout seul. Son père le vit se mettre à bouder à travers son rétroviseur et esquissa un sourire.

– Finis ta glace, ça t'occupera, dit-il. Et ne fais pas cette tête-là. Après tout, c'est Halloween, la nuit des farces, non?

Le gamin ne répondit rien.

Paul n'avait pas l'intention de laisser son turbulent rejeton le mettre en retard à l'ultime séance de la journée, celle de minuit. Il avait déjà dû s'arrêter en cours de route pour lui acheter une glace, le genre dont Damien raffolait et qui agissait sur lui comme un biberon sur un nouveau-né, alors qu'il avait déjà douze ans. Sauf que pendant ce trajet en voiture, il tenait à déguster sa glace aux côtés de son père. Peine perdue.

Paul sentait que son marmot n'était pas totalement calmé, aussi continua-t-il à le surveiller tout en conduisant. Jusqu'à ce qu'il arrivât à destination.

Il n'était que 23 heures 15.

– Le cinéma est là-dedans?

– Oui.

– C'est super grand!

– J'espère que tu n'as pas oublié ton costume, lança Paul.

— Je l'ai mis dans le coffre.

— Pourquoi dans le coffre?

— Pour faire peur aux flics et aux voleurs! s'écria le gosse. C'est un costume de zombie avec masque de Frankenstein.

— Ouap! Les flics ont bien fait de ne pas nous avoir embêtés pendant le trajet!

— Les voleurs non plus!

Là-dessus, Damien sortit et alla se poster devant le coffre qui s'ouvrit, actionné par Paul depuis son siège. Ce dernier sortit à son tour de la voiture, rejoignit son fils près du coffre ouvert, et eut un léger mouvement de recul devant son contenu, devant le gros, affreux masque de la créature de Frankenstein, qui n'avait pas été emballé avec le costume dans le paquet.

Damien prit le masque et l'enfila, puis il s'empara de l'emballage, son père referma le coffre et tous deux s'engagèrent sur le parking en direction d'un grand centre commercial, encore assez bondé vu l'heure tardive.

Toutes les issues principales du centre étaient prévues pour être fermées à minuit moins le quart, soit quinze minutes avant la séance de minuit, ce qui était exceptionnel. Cette séance spéciale n'était en effet mise en place qu'une fois par an, dans tous les multiplexes nord-américains, à l'occasion de la nuit d'Halloween. Même Noël ou le 4 juillet ne faisaient pas exception.

Il était donc 23 heures passées d'une petite vingtaine de minutes et il y avait encore un monde conséquent aux abords et à l'intérieur de l'établissement.

— On va passer par-devant, nous aussi, papa?

— Non, mais si tu veux, on peut.

— Je préfèrerais pas. Quelqu'un pourrait m'arracher mon paquet et s'en tirer en faisant croire à une blague.

— D'accord.

Ils entrèrent par une porte de service dont Paul possédait la clé. Et accédèrent au multiplex par une autre porte de service dont il possédait également la clé.

Damien enleva son masque.

– Bonsoir Irène, dit Paul en passant devant une des employées aux guichets.

– Salut Paul, répondit-elle. C'est ton gosse, ça?

– C'est mon gosse, comme tu dis. Il s'appelle Damien.

– Tu viens de le ramasser dehors, ou quoi? La nuit d'Halloween, et un gamin se trimballe en public sans aucun déguisement, sans maquillage, sans rien du tout!

Paul sourit:

– Il est un peu difficile.

– Je suis logique, fit l'enfant. Papa n'est pas déguisé. Si je l'étais, vous poseriez des questions.

Elle le regarda avec surprise.

– Il a quel âge? demanda-t-elle à Paul.

– Il a douze ans, répondit ce dernier.

Elle tourna alors de nouveau la tête vers le garçon et sursauta en voyant son visage dissimulé derrière ce lugubre masque de Frankenstein, rivé droit sur elle.

Paul étouffa un rire.

– Mon costume est là-dedans, fit le garçon d'une mi-voix caverneuse, en exhibant son paquet. Et l'orage ne va pas tarder!

Elle sourit à son tour.

– Tu sais quoi? Tu réfléchis un peu trop. Et à ton âge, c'est dangereux, dit-elle. Allez, va, amuse-toi bien.

– Vous en faites pas pour ça...! continua l'enfant de cette même voix sortie d'outre-tombe. Je reviendrai pendant l'orage, habillé comme il faut, pour vous manger la cervelle.

– J'ai hâte, lui dit Irène en riant.

– Bonne soirée quand même, dit Paul en s'éloignant avec son fils.

Ils pénétrèrent dans l'enceinte du multiplex, imposant, d'aspect très accueillant et qui, bien évidemment, avait été décoré en orange et noir et garni d'une multitude de citrouilles et de lanternes, toutes allumées, pour l'occasion.

– Papa? demanda Damien, qui avait de

nouveau enlevé son masque pendant leur progression.

– Oui?

– Je peux avoir du popcorn?

– Plus tard.

– Dis-moi, qu'est-ce qu'elle voulait dire, la femme au guichet?

– Irène?

– C'est comme ça qu'elle s'appelle?

– Oui.

– Qu'est-ce qu'elle voulait dire?

– Rien du tout. N'y pense pas.

Ils continuèrent à marcher et arrivèrent près d'un niveau où le plafond descendait quelque peu, laissant visible une balustrade ornée de portes fermées. Tout en se dirigeant vers un coin de l'allée, Paul ressortit son trousseau et ouvrit une porte dérobée, qu'il franchit avec son fils puis referma et verrouilla derrière lui.

Ils montèrent une volée de marches et débouchèrent ainsi sur la balustrade, puis Paul ouvrit une des portes qui laissa brièvement s'échapper un grand rectangle de lumière tamisée.

Il la ferma derrière eux et ils se retrouvèrent dans une immense pièce de forme circulaire. C'était une salle de projection, et c'était la seule dans tout le complexe, ce qui constituait une particularité, sinon un cas unique. En général il y a autant de salles de projection qu'il y a de salles de cinéma; ce n'était pas le cas ici.

– Waouh! C'est géant! s'extasiait le jeune garçon.

Il n'y avait personne dans la salle, ce qui signifiait qu'étant donné qu'il y avait huit salles de cinéma, Paul avait la responsabilité d'actionner huit projecteurs à lui tout seul.

– Bon, nous y voilà, dit Paul. Ne touche à rien, surtout. Contente-toi de regarder. Ou va t'asseoir quelque part.

– Tu es toujours tout seul, ici? demanda Damien.

– En général nous sommes toujours

huit en service ici. Ce soir, je serai seul, mais juste pour cette séance.

Il se déplaça d'un projecteur vers un autre, qu'il alluma au passage. Un ronronnement envahit la pièce, de manière toujours plus prononcée.

La pièce n'était pas un modèle de propreté. Elle était d'ailleurs assez encombrée, des tables encombrées d'objets hétéroclites la parsemant sur presque le tiers de sa surface. Des rangées d'étagères métalliques remplies d'outils et d'autres babioles en prenaient un autre bon quart.

Seuls les pourtours des projecteurs avaient été maintenus propres et dégagés. Damien s'y porta immédiatement et longea une espèce de long corridor en forme de cercle ainsi constitué entre les projecteurs et le reste de la salle. Il contempla les appareils avec fascination, comprenant que les rares films qu'il avait vus dans cet endroit avaient été placés à l'intérieur puis déroulés.

Il s'arrêta à proximité d'un des projecteurs et vit la petite vitre opposée, juste devant l'objectif. Il s'avança un peu plus et découvrit la grande salle qui s'étalait derrière, certainement déjà pleine ou en très bonne voie de l'être.

Pleine de marmots déguisés en démons, en sorciers et sorcières, en lutins et autres anges de l'enfer, qui grouillaient comme des vers et s'amusaient à se faire peur tout en braillant – en attendant l'extinction progressive des lumières.

2.

Dans la salle, le chahut était si fort qu'il était impossible d'entendre clairement ce qui sortait de l'écran.

Ce qui n'était pas vraiment un problème vu que le film n'avait pas encore commencé, mais quelques personnes tenaient absolument à voir les réclames et autres bande-annonces, dont certaines étaient inédites.

Le plus prompt à protester se trouvait avec sa petite amie sur le côté droit de la salle. C'était un dingue de spots publicitaires. Contrairement aux téléspectateurs qui voyaient surtout les pages de publicité comme une malédiction, en particulier lorsqu'elles intervenaient sans crier gare pendant la diffusion d'un film, lui les voyait comme une occasion d'aviver un peu plus sa passion. Comme la publicité prenait quasiment la moitié du temps de télévision et empiétait en plus à loisir sur les programmes, il était scotché devant son écran du matin au soir.

C'était uniquement pour faire plaisir à sa petite amie, qu'il avait accepté d'enfiler ce ridicule accoutrement de pirate des Caraïbes avec tête de mort en guise de chapeau, de la laisser lui peinturlurer le visage et de l'amener dans ce cinéma, histoire de lui changer un petit peu les idées.

Il était maintenant là, au beau milieu d'une bande de braillards en bas-âge qui ne le laissaient pas se délecter de toutes ces publicités qui défilaient sous ses yeux, sur grand écran. Il était vert.

Comme on le dit souvent, il y a des limites à tout, surtout à la patience. Une fois poussée à bout de sa limite, le couvercle saute.

– Mais taisez-vous un peu, bon sang!! Il y a des gens qui essaient d'écouter, et j'essaie d'écouter!

Ce soudain coup de gueule suffisant à dominer le tumulte, le silence se fit autour de lui; toutes les têtes se tournèrent, d'abord vers lui, puis vers l'écran, puis de nouveau vers lui.

– Ecouter quoi? fit un gosse.

– C'est quoi votre problème? lança un adolescent masqué. Votre lave-linge est tombé en panne?

– Votre lessive ne lave pas assez blanc?

– Votre dernier paquet de croquettes pour chats est périmé?

L'une des publicités vantait en effet une toute nouvelle marque de croquettes pour chats. Une autre, une nouvelle marque de lessive.

Tout le monde éclata de rire autour de lui, dans un véritable tintamarre. De nouveau, il essaya de les amener à la boucler, mais autant essayer de faire pleuvoir en plein Sahara. Une fois la vague de rires estompée, le raffut restait trop fort.

Il se leva, sa petite amie se méprit sur son intention.

— Laisse tomber! réussit-elle à lui dire à travers le bruit.

— Je veux partir d'ici, fit-il en se baissant vers elle. Je ne voulais pas venir, de toute façon.

— Ne sois pas bête. Ils se calmeront quand les lumières s'éteindront.

Plus loin sur la gauche, une femme revenait des toilettes. Elle descendit les marches vers sa rangée, se pencha et glissa quelque chose à l'oreille de son mari avant de l'embrasser sur la bouche.

A cause des masques, des maquillages et autres déguisements excentriques, il n'était pas évident de reconnaitre clairement qui que ce soit dans un pareil rassemblement, même en pleine lumière. L'ambiance grisante n'arrangeait pas les choses. En tout cas, le prétendu mari ne reconnut absolument pas sa femme sous son maquillage et la regarda d'un air ébahi.

– Oh, pardon! s'exclama-t-elle. Je vous ai pris pour mon mari...

Elle s'éloigna derechef, vers une autre rangée de places. La vraie épouse, qui pendant ce temps regardait de l'autre côté, vers ses enfants, se tourna vers eux. Elle n'avait pas vu la scène, mais elle avait entendu malgré le bruit.

Elle aperçut la femme s'éloigner précipitamment, et vit son mari qui la suivait du regard, une expression bizarre sur son visage.

– Qu'est-ce qui s'est passé, ici? fit-elle.

Son mari tourna la tête vers elle et parut se réveiller.

– Hein? Mais... heu, mais rien du tout, pourquoi?

– Qu'est-ce qu'elle a fait?

L'autre femme s'était arrêtée cinq rangées plus bas, s'était penchée et avait embrassé son mari de la même manière, reproduisant son cérémonial à l'identique.

– Elle t'a embrassé!?

— Mais non, voyons. Qu'est-ce que tu vas chercher?

Elle se leva d'un bond. Si rapidement que son costume de Godzilla, soudainement dressé, fit peur à un enfant sensible planté à proximité. Le hurlement strident qui s'ensuivit fit momentanément taire tout le monde dans les parages.

La femme poursuivit son chemin, trop occupée à vouloir régler cette affaire à sa façon, pour se rendre compte que tout le monde la regardait. Quand elle tomba sur l'autre qui était toujours penchée sur son mari, tout le monde crut à une blague.

Elle lui tapota l'épaule par-derrière, très innocemment; l'autre se retourna et n'eut que le temps de voir Godzilla penché sur elle avant de se prendre un premier gnon en travers du visage et de rouler à terre.

La femme l'empoigna fermement par son costume de gentille sorcière, la releva et lui fit déguster une autre baffe, la réexpédiant au sol. Juste avant d'en encaisser une autre de la part du mari outragé et de dégringoler à son tour.

L'autre époux s'en mêla d'instinct et l'on vit ainsi deux couples en découdre furieusement à travers les marches, les hommes d'un côté et les femmes de l'autre, ce qui paraissait n'étonner personne. Il s'agissait certainement d'un canular ou d'un numéro improvisé, prévu pour l'occasion. Surtout qu'avec les masques et costumes, ce n'était pas évident de distinguer les hommes des femmes. Il n'y avait peut-être que des hommes dans le tas. Ou que des femmes.

Cela dura un bon moment, notamment à cause des membres clairsemé du personnel de sécurité – difficile d'imaginer des jeunes farceurs voler ou se battre pendant la nuit d'Halloween, surtout en présence de leurs parents. En tout cas, il n'y avait pas un seul agent de sécurité, de surveillance ou de nettoyage dans la salle. Et les vendeuses de glaces, de pop-corn et de friandises étaient toutes soit rentrées chez elles, à cause de l'heure tardive, soit parties fêter Halloween ailleurs. Considérant sans doute que les mômes avaient sûrement déjà fait le plein de bonbons dans les rues, avant la séance.

Résultat, il n'y avait eu aucun membre du personnel pour voir partir la bagarre, et il n'y en eut encore moins pour y mettre un terme.

Ce furent les enfants des deux couples, qui étaient partis s'amuser et faire des farces avant que la prise de bec n'éclate, qui intervinrent finalement. Ils avaient mis un certain temps à comprendre qu'il s'agissait bien de leurs parents; ne les voyant pas autour d'eux, il leur avait fallu se rendre à l'évidence.

Une fois l'incrédulité surmontée, il leur avait fallu un temps plus long encore, pour se trouver le cran d'intervenir. Les deux femmes se crêpaient furieusement le chignon en se traitant de tous les noms. Il fut paradoxalement plus facile de séparer les deux hommes, qui parurent découvrir leurs épouses en furie par terre. Il leur avait fallu un certain temps pour se calmer et les reconnaître.

Celles-ci continuèrent à s'invectiver une fois séparées. Vues de près, et parées comme elles l'étaient, elles ressemblaient presque à d'authentiques sorcières. Il ne leur manquait qu'une baguette et un balai.

.

Ce petit contretemps, très facilement et rapidement digéré, en aida certains, seulement trois ou quatre, à y voir clair.

Les lumières n'étaient toujours pas éteintes.

Personne n'avait vu le temps passer, personne n'avait eu le temps de s'apercevoir du temps qui passait. Le temps d'une séance de cinéma, la salle s'était presque transformée en boîte de nuit, ou en salle de bal masqué, décorée en orange et noir.

Mais tôt ou tard, il fallait bien repasser aux choses sérieuses.

Parmi les trois ou quatre spectateurs qui trouvaient que les messages publicitaires avaient tendance à s'éterniser, se trouvait bien évidemment la petite amie de l'aspirant pubeux. Elle était venue dans l'espoir de lui ouvrir l'horizon et lui faire découvrir autre chose, et jusqu'ici faisait magnifiquement chou blanc. Elle était exaspérée.

Les autres étaient surtout indisposés par le bruit et n'attendaient qu'une chose, que les lumières s'éteignent enfin, ce qui forcerait tout le monde au calme.

Mais les lumières refusaient de s'éteindre.

Placé à l'arrière de la salle, un homme déguisé en Père Noël qui serait devenu fou à lier, consulta son guide des films à l'affiche, puis sa montre.

— Il se passe quelque chose d'anormal, fit-il à l'adresse de son ami placé à côté. Le film devrait être commencé depuis un bon quart d'heure.

— C'est la quatrième fois que je vois

tout ça, dit l'autre. On dirait qu'ils nous repassent les mêmes trucs en boucle.

Mais ils n'agirent pas. Pas plus que les autres.

La femme de tout à l'heure, la gentille sorcière qui avait embrassé un inconnu puis s'était pris deux baffes derrière, se leva pour retourner aux toilettes. Une fois enfermée dans la cabine, elle parut cueillie par le silence.

Ce fut à ce moment qu'elle se rendit compte du problème.

Sans même prendre le temps de se préparer pour s'asseoir, elle ressortit en trombe des toilettes et profita du tintouin pour quitter momentanément la salle, rapidement. Personne ne fit attention à elle.

Le cinéma était désert, même les guichets étaient vides, il n'y avait pas âme qui vive dans les environs; ce fut donc sans problème qu'elle se glissa dans une des salles voisines de la sienne.

La salle était pleine mais silencieuse, plongée dans le noir. Le film était déjà commencé. Même chose dans l'autre salle adjacente.

Elle retourna dans sa salle, dans laquelle régnait toujours une ambiance de foire. L'écran déversait toujours les mêmes réclames et bande-annonces.

Elle resta un moment interdite. Complètement décontenancée.

Puis elle ressortit.

Elle s'appelait Mary Ann, et son explication avec Godzilla dans la salle l'avait laissée passablement sonnée. Ce fut donc d'un pas un peu hésitant qu'elle se dirigea vers les deux seuls employés encore présents, deux agents de sécurité en faction près des portes de sortie. L'un deux discutait le coup avec une femme d'environ 30 ans, déguisée et maquillée en fée Clochette. Mary Ann se planta devant ces deux-là.

– Oui? fit le gars.

– Il y a un problème, dans une de vos salles, dit Mary Ann.

– Maintenant que vous en êtes sortie,

tout est rentré dans l'ordre, renchérit la bonne fée en ricanant.

Mary Ann la regarda. Allait-elle devoir se crêper le chignon avec celle-là aussi?

– J'ai payé pour voir un film, ou juste de la pub? reprit-elle en exhibant son ticket d'entrée validé.

– Vous ne voyez pas que nous sommes occupés?

– Qu'est-ce que vous voulez dire? demanda l'agent.

– Le film n'est pas encore commencé! répondit Mary Ann.

– Vous vous êtes battue, ou quoi? lança la bonne fée.

– Vous êtes sûre? demanda le type.

Mary Ann se demanda à qui répondre en premier. Elle opta pour le type en uniforme.

– Evidemment. Si le film était projeté, vous croyez que je serais sortie pour perdre mon temps à venir discuter avec vous et supporter cette... cette...

– Cette quoi? fit l'autre, les mains sur les hanches, prête à mordre.

– On y va, ou pas? Vous ne voulez pas vérifier?

L'agent consulta sa montre.

– Vous voulez dire que le projectionniste est en retard d'une demi-heure? dit-il.

– Apparemment, oui!

– C'est sûrement une blague! grinça la bonne fée.

– Quelle salle? demanda-t-il.

– Salle 6, répondit Mary Ann.

– On y va.

– Quoi? protesta la bonne fée. Tu ne vas pas avaler tout ce qu'elle raconte!

– Tais-toi, dit le type. Je reviens tout de suite, lança-t-il à l'adresse de l'autre agent de sécurité, qui n'avait pas bougé d'un pouce.

Il se dirigea vers l'entrée de la salle en question, suivi de très près par Mary Ann, de toujours plus loin par la bonne fée pour qui toute cette histoire n'était qu'un racontar de première.

Le type ouvrit doucement la porte et passa un œil distrait dans la salle. Il l'en sortit vaguement intrigué. D'ordinaire, les pages de publicité n'ont pas cours dans les salles de cinéma en plein milieu de la projection d'un film.

– Alors? fit Mary Ann.

Il parut la découvrir, la voir pour la première fois.

Il repassa le même œil, plus attentif, dans la salle. Les lumières étaient toujours allumées, les gens présents produisaient un certain volume de décibels.

Il se dirigea alors, d'un pas rapide, vers l'entrée d'une des salles voisines, et ouvrit doucement la porte.

Le contraste fut imparable.

– C'est pas vrai... fit-il, éberlué.

Il fit quelques pas en arrière, la tête levée vers la balustrade, et avisa les portes fermées. Il sortit alors un appareil radio.

– Allô, Rick? fit-il dans l'appareil.

– Oui? répondit le dénommé Rick, l'autre agent de sécurité.

– Il y a un problème dans la salle de projection, dit le premier.

– Quel genre de problème?

– A ton avis? Un problème de projection, Einstein! Je vais voir ça tout de suite. Reste où tu es, je te tiens au courant.

– D'accord, reçu cinq sur cinq.

Il rengaina son appareil, sortit à la place un trousseau de clés et se dirigea vers une porte dérobée – la même que celle que Paul avait franchie avec Damien plus tôt dans la soirée –, cette fois suivi de près par les deux femmes.

– Restez là, toutes les deux, leur dit-il après avoir ouvert la porte. Je reviens dans quelques minutes.

Il referma la porte, grimpa les marches à la vitesse de l'éclair, et déboula en trombe sur le palier pour s'arrêter pile devant une porte qu'il cogna furieusement.

La porte s'ouvrit sur Paul. Il avait l'air très embêté.

– Nom de Dieu, Paul, qu'est-ce qui se passe, ici?

– Comment ça se passe, en bas?

– Pour l'instant c'est calme, on a une chance folle, mais ça ne durera pas, crois-moi! Qu'est-ce qui se passe avec le film?

– Je ne l'ai pas, dit Paul, l'air penaud.

– Comment ça, tu ne l'as pas?

– Je crois que mon fils l'a pris.

– Tu as amené ton fils jusqu'ici?

L'agent tombait des nues.

– Oui. Pourquoi pas? C'est Halloween, après tout.

– Et tu crois qu'il est planqué où, ton môme?

– Pas ici, en tout cas. Entre, dit Paul en s'écartant.

L'agent, prénommé Gerald, n'entra pas mais distingua nettement deux larges dessins en forme de flèches, de couleurs orange et noir, sur le sol, et dirigés vers le seuil de la porte.

– Qu'est-ce que c'est que ça? C'est une plaisanterie?

– C'est Halloween, répéta Paul avec un haussement d'épaules.

– Hein? fit Gerald en le regardant d'un

air ahuri, comme s'il venait de débarquer de la planète Mars.

– Il nous invite à récupérer le film par nous-mêmes, à aller le lui reprendre...

– Dis donc, tu as fumé ou quoi?

– Pas ce soir, dit Paul.

– Et c'est quoi, ce 'nous'? C'est avec toi qu'il veut faire joujou, et toi seulement! En tout cas ne compte pas sur moi. J'ai passé l'âge de ces petits jeux de cache-cache, et toi aussi! Je suis censé faire le pied de grue près des portes d'entrée, tu te souviens?

– Je sais.

– Tu as cinq minutes pour remettre la main sur ton petit morveux, lança Gerald, exaspéré.

– Hé, modère un peu tes expressions, s'il te plaît.

– C'est toi qui vas modérer ton gosse si tu ne veux pas que j'appelle le gérant! (Il se détourna et s'éloigna, les bras levés). « C'est Halloween »... on aura tout entendu!

Déconcerté et furieux, il redescendit

les marches en quatrième vitesse et déboula dans la salle principale.

Les deux femmes n'étaient plus là.

.

Gerald haussa les épaules d'un air las et revint jeter un coup d'œil dans la salle 6, dont il ouvrit doucement la porte, comme auparavant.

Bien entendu les lumières étaient toujours allumées, le film se faisait toujours attendre, et il y avait toujours autant de bruit, peut-être plus que la fois précédente.

Car depuis, le ton était monté, de plus en plus de personnes ne comprenaient plus et commençaient à s'impatienter. Et le faisaient bruyamment savoir. Même l'aspirant pubeux en avait marre. C'é-taient toujours les mêmes choses qui passaient et repassaient sur l'écran. Il se retenait à grand-peine de se lever et d'aller dire bonjour au projectionniste, histoire sans doute de lui dire de changer de rouleau et de proposer d'autres récla-mes, à défaut de film. Sa petite amie s'en sentit quelque peu rassérénée. Il y avait encore de l'espoir.

Ce vent de rébellion ne suffisait cepen-dant pas encore pour que la séance tourne à l'émeute.

L'ambiance était encore très gaie et bon enfant, comme si les spectateurs, en tout cas la majeure partie, faisaient partie d'une seule et même petite com-munauté. Elle était surtout maintenue telle quelle grâce à des bandes de jeunes farceurs qui écumaient la salle et fai-saient rire tout le monde. A eux seuls, ils assuraient le spectacle et faisaient plus ou moins oublier au public sa frustration et son impatience.

L'un de ces gamins subtilisa un sac à main imprudemment laissé à portée sur un siège en bordure de l'allée centrale, par une femme entre deux âges, venue là avec son mari et un autre couple. Puis il détala à toutes jambes. La bonne femme se leva et cria « Au voleur! » bien inutilement, vu que le gosse ne chercha jamais à s'enfuir, à quitter la salle avec son butin.

Quand les gens le comprirent, ils se mirent tous à rire. Sauf la femme évidemment, qui continuait à crier en coursant le gamin.

Ce dernier, déguisé en 'Judge Doom'[1], se contentait de cavaler dans tous les sens à travers la salle en se bidonnant et en exhibant son butin comme un trophée, la bonne femme et son mari à ses trousses. Le mari était sur le point de lui mettre la main dessus quand l'enfant lança le sac à ses comparses hilares plantés pas loin. L'un d'eux attrapa le sac, se tourna rapidement, l'ouvrit, le referma, se tourna de nouveau et tendit l'objet au mari, lequel le rendit à sa bonne femme.

1. Personnage de juge maléfique du film *Qui veut la Peau de Roger Rabbit*.

Celle-ci étant outrageusement maquillée, il était impossible de deviner la vraie couleur de son visage à ce moment. Elle récupéra son sac sans rien dire et retourna à sa place d'un pas furieux, son mari hors d'haleine sur les talons.

C'est en pestant et en jactant des choses du style « Sales gamins mal élevés », qu'elle ouvrit son sac. La vraie farce était là.

Une petite chose assez horrible prit soudain forme en grand format et jaillit du sac tel un petit diable de sa boîte. Et saisit à la gorge la bonne femme qui se remit à crier, mais cette fois de surprise et de terreur.

C'était une fausse main en solide latex, prolongée d'un faux bras en latex également, lequel était fixé à une des parois intérieures du sac.

L'objet était monté sur une espèce de ressort commandé à distance par les gamins; du coup la main serrait fort, comme si elle était vivante, comme si elle était de chair et de sang. Le mari, qui pourtant avait choisi de ressembler à l'incroyable Hulk pour la soirée, eut toutes les peines du monde à détacher l'objet du cou de sa compagne, ce qui provoqua l'hilarité générale.

Il finit par y arriver, la laissant toute tremblante, soufflante et pantelante; et il la prit dans ses bras, sous les yeux perplexes de leurs deux amis qui ne savaient pas trop s'il fallait rire ou pleurer de cet épisode.

Les farceurs, eux, jouaient sur du velours; ils avaient réussi leur blague, quasiment tout le monde rigolait. Mais ils avaient encore des trucs en réserve. Pour eux, la soirée ne faisait que commencer.

Et ils n'en avaient pas fini de s'interroger.

Dès le début de la séance, ils avaient repéré un mystérieux personnage qui depuis, occupait une partie de leurs pensées. Le personnage en question était entièrement voilé de blanc. De son corps, on ne voyait que ses yeux, l'arête de son nez et le bout de ses ongles. Il était sorti des toilettes très peu de temps après le début de la séance et s'était installé en plein centre de la salle, très tranquillement, tel un spectre, en donnant l'impression de flotter.

Il lui avait suffi de prendre place pour aussitôt faire le ménage autour de lui. Deux couples s'étaient levés très vite pour se rasseoir plus loin; une gosse de huit ans s'était rapidement éloignée avec sa mère horrifiée, en montrant la créature du doigt et en criant « Maman! », une famille entière s'était tue à son approche et avait levé le camp avant même que la chose ne trouve son siège.

L'être mystère s'était donc retrouvé bien seul, avec plusieurs sièges vides de tous les côtés, devant comme derrière, à droite comme à gauche. Mais cela n'avait pas paru le chagriner ni même l'effleurer; il était resté scotché sur son siège, les yeux le plus souvent rivés sur l'écran, parfaitement tranquille et stoïque.

Les gosses reportèrent de nouveau leur attention sur lui, en se demandant quel bon tour ils pouvaient bien lui jouer. Mais ils se demandaient aussi si cette chose était vraie ou non, était vivante ou non. C'était peut-être un fantôme.

Il était peu probable qu'une salle de cinéma soit hantée, surtout quand elle était pleine à craquer et bien éclairée; mais le plus évident était quand même d'essayer d'en avoir le cœur net.

Du moins, pas pour tout le monde. Certains d'entre eux prirent rapidement une décision.

– Pourquoi elle est drapée? demanda l'un d'eux.

– Elle est voilée, pas drapée, abruti, fit un autre.

Cela mit d'un coup fin au projet pour certains, pas pour les autres. Qui commencèrent à progresser vers le drap humain par-derrière.

Il fallait qu'ils sachent. Ce truc était-il transparent ou pas? Est-ce que ça ressemblait aux fantômes et autres spectres qu'ils voyaient dans les films et les dessins animés?

Sans s'occuper des protestations silencieuses de certaines personnes, l'un des gosses prit place juste derrière la chose. Et tenta de voir à travers.

Il ne vit rien du tout. A part un noir compact.

Intrigué, il se leva et l'examina du regard par-dessus ses épaules, des pieds à la tête. Et ne vit que du blanc à peine atténué par l'éclat tamisé des lumières.

Il toucha alors la chose à l'épaule.

Il le fit très discrètement et légèrement, il l'effleura même à peine, mais cela suffit pour que le drap se retourne d'un coup sur lui et le regarde droit dans les yeux.

Cela produisit un effet hypnotique sur le gosse qui, saisi, ne quitta pas les yeux noirs de son vis-à-vis tout blanc, même quand celui-ci se leva lentement, de toute sa hauteur, les yeux toujours rivés sur les siens, et leva tout aussi lentement les bras à l'horizontale. Des bras entièrement drapés qui ressemblaient à des ailes immenses, et donnaient au fantôme des allures d'épouvantail ambulant.

Avec un cri de terreur, l'enfant s'échappa, les spectateurs se levèrent sur son passage; l'épouvantail blanc le suivit d'un même mouvement, les bras toujours en éventail, et se mit à le poursuivre dans les travées en ululant comme un oiseau de proie nocturne. Une fois arrivés en haut des marches, sur le côté droit de la salle, le môme rejoignit sa bande, mort de peur; l'épouvantail rejoignit la sienne, mort de rire. Et ôta le haut de son voile.

Ce n'était qu'une grande et jolie jeune femme, brune, de même pas vingt ans. Elle se moquait gentiment du gosse tout tremblant, le doigt pointé vers lui, en rigolant à gorge déployée. Elle était musulmane, elle ignorait donc totalement Halloween mais elle adorait rigoler et faire des blagues.

En la découvrant, le gosse marcha vers elle, un peu émerveillé. Il tendit le bras et la toucha. Ça la fit sourire, elle lui prit la main d'un geste affectueux et s'accroupit en face de lui.

— Je t'ai fait si peur que ça? demanda-t-elle, et il hocha la tête. (Elle s'excusa et l'embrassa rapidement, en ajoutant:) Crois-moi, tu n'étais pas le seul. Sauf que toi, tu t'es d'abord approché de moi, au lieu de t'écarter tout de suite! Tu m'as même touchée! (Elle riait, mais elle conclut le plus sérieusement du monde.) N'oublie jamais ça: les enfants sont plus forts que les adultes.

Il existait une farce macabre, de plutôt mauvais goût, qui faisait néanmoins fureur chez les plus jeunes. Sans doute parce que cette blague était extrêmement difficile à exécuter de manière quasiment parfaite, et à susciter la surprise autant que la terreur et la colère. Mais quand le dindon ressentait les trois à la fois, c'était magnifique.

Ça s'appelait « Le Baiser volé par un Démon ».

Le principe était très simple. Il s'agissait de repérer un couple, de se substituer à un des deux tourtereaux et donc de leur gâcher un moment important, celui du baiser qui se prolonge. Pour que ça marche, il fallait absolument que le voleur de baiser soit quelqu'un de foncièrement maléfique, de préférence un démon ou une sorcière, ou qu'il y ait une certaine ressemblance. Et bien entendu, que la fête d'Halloween batte son plein. Sinon, ce n'était même pas la peine d'essayer.

Là, c'était Halloween, dans une salle de cinéma noire de monde; les jeunes farceurs sentirent qu'il y avait quelque chose à tenter. Après un très rapide conciliabule, ils regardèrent autour d'eux. Le coup du fantôme n'avait pas fait rigoler tout le monde, sans doute parce que l'attente pesait de plus en plus dans les esprits. Il fallait donc marquer un peu le coup, avec un truc raide, surprenant et osé.

Ils repérèrent rapidement deux couples placés des deux côtés de la salle, qui semblaient très loin de ce monde. Les deux tourtereaux qui se bécotaient furieusement en pleine lumière, aux yeux de tous, les amusaient tout particulièrement. Les deux autres placés dans un coin reculé et plutôt sombre de la salle ne semblaient pas convenir. Non parce qu'ils paraissaient d'humeur soupçonneuse, mais parce que l'on n'y voyait pas assez. Pour que le coup fonctionne, il fallait du doigté, une bonne dose de culot et pas mal de réussite. Mais il fallait d'abord un bon éclairage.

Autre difficulté, les deux amoureux étant maquillés, il n'était pas toujours facile de distinguer l'homme et la femme en pleine séance de ventouse. La nature des vêtements et la longueur des cheveux ne voulaient pas toujours dire grand-chose. L'année précédente, un petit rigolo qui avait cherché à gâcher son plaisir à un de ses camarades plus âgé, s'était surpris à embrasser celui-ci au lieu de sa chérie, et s'était pris une mémorable raclée.

Dans l'espoir que les deux candidats n'appartiennent pas au même sexe, nos petits farceurs s'avancèrent en faisant signe au public de se montrer discret. Ils avaient déjà élu leur candidat pour le rôle du voleur: un adolescent de taille moyenne, grimé en Satan en personne. C'était parfait. Ça l'était d'autant plus qu'ils venaient de repérer laquelle des deux était la fille. Elle tournait le dos au mur.

Autre coup de chance, les deux amants se tenaient par les épaules, mais sans y mettre une passion excessive.

Un spectateur complaisant et pas mal excité, qui piaffait en silence, accepta de céder sa place, le temps de la mise en scène. Et ils passèrent, très discrètement et silencieusement, à l'offensive.

Ils tombèrent à trois sur le type, qui leur tournait le dos. Le premier profita d'un bref décollage de lèvres pour glisser rapidement sa main entre les deux bouches et fermer celle du type. Un second lui ferma les yeux, un troisième lui prit les bras et tous les trois le tirèrent en arrière, sans ménagement.

A la vitesse de l'éclair, Satan prit sa place. Avec succès, la fille n'y vit que du feu. Elle n'avait d'ailleurs pas ouvert les yeux un seul instant, toute à son plaisir.

L'autre se mit à se débattre en silence, sans pouvoir se faire entendre; la fille finit par ouvrir les yeux, sans doute intriguée par le changement de sensations; et elle vit un visage tout rouge et deux grands yeux jaunes qui la narguaient.

Au moment où elle décolla ses lèvres et se mit à hurler, l'autre fut relâché, Satan s'écarta vite fait et les fous rires se mirent à fuser de partout.

Le coup avait parfaitement bien fonctionné.

C'était allé vite, avec une excellente coordination des gestes. La surprise fut donc totale, la fureur des deux amants floués le fut aussi, décuplée par les rires.

— Non mais ça va pas? hurla le type, un

blondinet de 22 ans déguisé en cadavre à moitié décomposé, une parure qui semblait très bien lui convenir à ce moment.

– Vous n'avez pas honte? enchaîna la fille, qui avait choisi de se grimer en vampire. Comment avez-vous osé?

– Vous êtes malades, ou quoi?

La fille avait dû enlever son faux dentier de ghoule avant d'embrasser son compagnon, du coup malgré sa colère elle ne faisait peur à personne. Surtout pas à Satan qui la contemplait en ricanant comme un perdu; à défaut d'avoir emballé le charmant dindon de sa farce, il avait quand même bien réussi son coup.

Les deux tourtereaux furibards récupérèrent leurs affaires en pestant et en jactant tout ce qu'ils savaient et se dirigèrent rapidement vers la porte de sortie, qu'ils prirent en coup de vent, sans regret. Un premier contingent de mécontents, arrivés à bout de leur patience et qui n'avaient pas trouvé la blague du meilleur goût, prit leur suite et disparut à son tour. L'aspirant pubeux et sa petite amie se comptaient dans le tas.

Une fois dehors, ils eurent une autre mauvaise surprise, celle de trouver le cinéma quasiment désert. Hormis Gerald et Rick, toujours plantés près des portes, il n'y avait personne, que ce soit derrière les guichets de vente de tickets ou de friandises, personne pour passer le balai ou la serpillière par terre, pas âme qui vive. Rien que des lanternes et autres masques d'Halloween inanimés, dispersés plus ou moins en hauteur à travers le complexe, et qui semblaient les observer avec morgue, prêts à leur jeter un mauvais sort.

Aucun ne quitta l'établissement. Ils restèrent devant les guichets, s'armant d'une dose de patience supplémentaire. Bien décidés à se faire rembourser.

Gerald, qui avait déjà passé son coup de fil, vint les rejoindre.

5.

Robert Faulkner se leva du lit, de fort méchante humeur. Il avait beau être un homme d'affaires avisé et consciencieux, disponible en permanence et sur la brèche s'il le fallait; s'il y avait une chose dont il avait horreur, c'était bien d'être réveillé en pleine nuit.

C'était la sonnerie stridente de son propre iPhone dernier cri, qui l'avait tiré de son précieux sommeil. Il avait d'abord cru avoir affaire à son alarme quand il s'était aperçu, à travers ses yeux brouillés, qu'il faisait toujours solidement nuit à l'extérieur. Quoi, aucun rayon de soleil, aucune lumière matinale pour l'accueillir à son réveil? C'était totalement inconcevable. Il avait ensuite compris qu'on cherchait à entrer en communication avec lui. Ce qui lui paraissait saugrenu pendant la nuit d'Halloween, censée être chômée par les adultes sérieux au profit des enfants et des fêtards.

Il avait jeté un œil de l'autre côté de son lit immense, et vu son épouse qui remuait dans son profond sommeil sans tache. Ce n'était donc pas de ce côté-là qu'il fallait creuser.

Il avait été tenté de rejeter l'appel mais l'avait pris quand même, par curiosité.

L'objet du coup de fil avait contribué à accentuer sa colère. Qu'est-ce que c'était que cette histoire? Il n'avait pas le choix, il fallait qu'il aille voir de lui-même ce qui se passait. Comme tous les hommes d'affaires, il détestait perdre de l'argent; mais il était hors de question que cela lui arrive à cause d'un mioche qui faisait une blague.

Il se leva de mauvaise grâce et alla se préparer. Et comme d'habitude, il le fit comme s'il allait se rendre à l'ultime rendez-vous d'affaires, ou s'il allait se remarier. Quoiqu'il faisait, où qu'il se rendait, et quelle que soit l'heure, c'était toujours tiré à quatre épingles, dans un assemblement de perfection. Une certaine légende à son sujet, racontait qu'il ne pouvait pas faire son jogging du matin sans une cravate sous son haut de survêtement – ou au-dessus, quand le temps le permettait.

Quand il arriva sur les lieux, le contingent de mécontents s'était considérablement élargi. C'était en fait, quasiment toute la salle 6 qui s'était donnée rendez-vous devant les guichets toujours aussi vides. Robert (Bob) avait déjà appelé tous ses employés aux guichets à la rescousse mais ceux-ci tardaient à répondre présent. Sa carrure imposante, qui inspirait le respect, fit se calmer une assistance à bout de nerfs. De l'avis de quasiment tout le monde, si tout cela n'était qu'une vaste blague, il faudrait trouver mieux pour les amuser – et pour les convaincre de renoncer à récupérer leur argent. Ils avaient déjà perdu suffisamment – trop – de temps. Après tout, ils étaient venus et avaient payé pour voir un film, pas pour ne voir que des publicités en boucle et pour regarder des bandes de gosses faire les quatre cents coups dans la salle.

Bob comprenait et regrettait, garantit que le projectionniste serait renvoyé séance tenante et que les préposés aux guichets avaient été rappelés et ne devraient pas tarder. Il ne pouvait pas procéder au remboursement lui-même, ne sachant pas comment s'y prendre; ce n'était pas son boulot. Mais ses employés avaient besoin de sa présence sur les lieux et de sa bénédiction.

Bob était entré en possession de ce cinéma neuf ans auparavant. Il en avait ensuite fait rénover une bonne partie. C'était lui qui avait eu l'idée d'une seule salle de projection au lieu de plusieurs; c'était aussi lui qui avait fait en sorte que cette salle soit circulaire, pour qu'elle puisse desservir le plus de salles possible autour d'elle. Il avait donc également fallu que cette salle soit gigantesque, qu'elle ait au moins l'envergure d'un square de centre commercial, par exemple. Au final, cela avait donné un multiplex énorme, sans nul doute l'un des plus grands sur le territoire américain, peut-être le plus grand.

Quand le premier des guichetiers finit par s'amener, il faillit mourir asphyxié. Certains spectateurs, aidés par Bob, durent intervenir pour empêcher le pauvre bougre de ne plus être en mesure de se relever. Une petite meute lui était tombée dessus manu militari, comme s'il détenait seul les clés du coffre, et dans la bousculade qui avait suivi, avait commencé à l'écraser sous son poids. Quand il se retrouva finalement de l'autre côté de la vitre, il s'octroya un certain temps pour souffler et récupérer, ce qui ne fit rien pour calmer les autres, trop pressés de rentrer chez eux avec leur fric.

Tous les autres employés aux guichets

– Irène parmi eux – étaient démaquillés et délestés de leurs déguisements quand ils finirent par s'amener, les uns après les autres, dans une ambiance progressivement revenue à la normale malgré quelques prises de bec, et au bout d'une demi-heure, le cinéma fut de nouveau désert ou presque.

Bob, qui avait au passage lui-même distribué des offres promotionnelles à ses malheureux clients alors que ceux-ci se dirigeaient vers la sortie une fois remboursés, convoqua tout de suite une réunion de crise, près des portes.

– Je suppose que vous savez tous le pourquoi de ce qui vient de se passer? fit-il d'un ton fort mécontent.

Les autres (Gerald, Rick et les employés aux guichets) parvinrent tous à faire oui de la tête. Leurs yeux se fermaient. Bob s'en fichait. Ou pas.

– Je suppose aussi, que vous avez tous envie de rentrer vous coucher? enchaîna-t-il sur le même ton.

Nouveaux ouis de têtes, plus appuyés.

— Combien de temps avons-nous avant la fin d'un des films actuellement en cours? demanda-t-il.

— Vingt-cinq minutes, à peu près, répondit Irène avec un petit bâillement.

— Bien. Suivez-moi. Vous aussi, fit-il à Rick et Gerald.

Il se dirigea vers l'entrée de la salle 6, les autres sur les talons, ouvrit la porte et entra.

La salle était toujours solidement éclairée mais elle n'était pas vide. Il y avait encore du monde, des clients qui avaient encore de la patience en réserve. Tous étaient dispersés aux quatre coins de la salle.

Bob s'avança, fit mentalement un état des lieux, déboucha entre l'écran et les sièges et stoppa, faisant face à ses clients marathoniens. Tous étaient des adultes, venus en couple, en amis ou seuls. Ils étaient une petite quinzaine. Tous, également, savaient qui il était.

Les mêmes publicités tournaient toujours en boucle sur l'écran.

— Mesdames et messieurs... je regrette énormément pour ce très gros retard indépendant de notre volonté. Il y a un gros problème dans la salle de projection. La copie du film que vous avez tous payé pour regarder est introuvable. (Il y eut quelques murmures. Bob en profita pour lever la tête. Ses employés étaient entrés et le regardaient, tout comme les spectateurs.) Soyez certains que nous faisons tout ce qui est en notre pouvoir pour rétablir la situation. Nous vous remercions pour votre infinie patience et vous garantissons à tous toutes vos prochaines séances à prix discount jusqu'à la prochaine fête d'Halloween. Le film devrait commencer dans une petite quinzaine de minutes. Pardon et merci encore, et je vous souhaite à tous une bonne fin de nuit en notre compagnie.

Il refit le trajet en sens inverse, suivi des yeux par ce qui restait du public, et sortit avec son équipe.

— Très bien, dit-il. Vous savez ce qu'il faut faire.

— Retrouver le film, dit Rick.

— Exactement. Vous deux, retournez à vos postes.

— Et Paul? dit Gerald.

— Retournez à vos postes, répéta Bob. (Gerald et Rick s'éloignèrent.) Allons chercher ce petit morveux, et faisons-le tous ensemble, dit-il à voix haute. Rendez-vous ici dans vingt minutes, très exactement. Revenez avec le mioche, et tout le monde rentre chez soi. C'est aussi simple que ça.

Les guichetiers étaient six; Bob en désigna quatre à qui il donna la consigne de fouiller le rez-de-chaussée. Il emmena les deux autres.

L'endroit était assez étendu pour qu'ils n'aient pas de mal à se disperser et s'éloigner progressivement les uns des autres. Bob sortit un petit trousseau et alla activer un ascenseur réservé au personnel et menant à l'étage supérieur, situé au-dessus de la salle de projection mais dont une portion l'était à mi-niveau.

Les portes s'ouvrirent, Bob entra avec les deux autres, puis ils disparurent.

Vingt minutes plus tard, ils se retrouvèrent à l'endroit convenu.

Bredouilles.

De plus, si Bob était revenu de l'étage avec ses deux compagnons, l'un de ceux qui étaient restés au rez-de-chaussée manquait à l'appel.

— Michael n'est pas là, fit Irène, qui était restée au rez-de-chaussée faire ses recherches.

— Il est en retard, c'est tout, dit Bob. (Il consulta sa montre.) Il va y avoir du monde ici, dans moins d'une minute. Donnons-lui jusque-là.

En effet, dans les quarante secondes qui suivirent, la porte de la salle 3 s'ouvrit et les spectateurs en sortirent. Bientôt des petits groupes d'entre eux se formèrent dans le grand hall et se mirent à discuter bruyamment en riant; Rick, qui s'était placé à mi-chemin entre les portes et la salle, dut les prier de partir. Bob, qui n'était pas un inconnu, s'était formé un petit cordon de sécurité.

L'endroit finit par se vider entièrement, Rick disparut par la porte de la salle 3 pour inspection et ce fut de nouveau le calme. Le cordon se défit; le nommé Michael ne s'y trouvait pas.

Ils allèrent se caler au centre de la grande salle vide et regardèrent autour d'eux. Rien, pas un mouvement.

– Le prochain film se termine dans quinze minutes, dit Irène.

– On recommence, dit Bob. Mais cette fois, vous restez tous ici, au rez-de-chaussée. Moi je monte à la salle de projection. Activez vos recherches, et n'ayez pas peur d'ouvrir certaines portes. On se retrouve ici dans un quart d'heure.

Ils se dispersèrent de nouveau, Bob se dirigeant vers la porte dérobée qu'il franchit avant de monter les quelques marches vers le palier et de se retrouver devant une des portes fermées qu'il tambourina.

– Paul?

N'obtenant pas de réponse, il recommença, plus fort. Pendant son attente, il jeta un coup d'œil en contrebas et vit Gerald qui l'observait discrètement depuis son poste.

Il frappa de nouveau à la porte, puis actionna machinalement la poignée.

La porte s'ouvrit. Sous le coup de la surprise, il marqua un petit temps d'arrêt avant de pousser le battant et d'entrer.

L'immense salle de projection était éclairée elle aussi, mais cette fois il ne vit personne tout de suite.

— Paul?

Un quart d'heure plus tard, il refit son apparition dans le lobby principal, alors que la salle 7 déversait son audience. Il localisa son cordon qu'il réintégra non sans soulagement.

Il constata cependant rapidement que ce cordon s'était encore aminci; deux autres de ses protégés n'avaient pas reparu.

Agacé, éberlué, il fit signe à Rick de venir.

– Va chercher Gerald, lui dit-il.

– Il est en plein rush, fit Rick.

– Va le chercher, répéta Bob. Qu'est-ce qui s'est encore passé? lança-t-il d'une voix forte, pour dominer le bruit, alors que Rick s'éloignait.

– Je ne sais pas, dit Irène, les sourcils froncés.

Gerald rejoignit le groupe en courant.

– Quand vous m'avez téléphoné, vous m'avez dit que Paul était bien dans la salle de projection? lui dit Bob.

– Oui pourquoi? Vous l'avez vu?

– Non, je ne l'ai pas vu!

Gerald tomba des nues. Une nouvelle fois.

– Vous ne l'avez pas vu? ne put-il que répéter.

– Non, son gosse non plus.

– Vous n'avez vu personne?

– Je n'ai vu personne dans la salle de projection, et j'ai l'impression que bientôt je ne verrai plus personne ici avec moi, dit Bob d'une voix presque coléreuse. Vous pouvez me rappeler combien d'employés aux guichets sont revenus cette nuit?

— Il y en avait six, répondit Gerald, je confirme.

— Vous en voyez combien, maintenant?

— Heu... trois, dit Gerald d'une petite voix.

— Tout à fait. Donc, personne ne fait une hallucination? Personne n'a bu un coup de trop?

— Personne, pas plus vous que moi...

— On n'est plus que trois, confirma Irène.

— Trois, oui, dit un autre des guichetiers, prénommé Dominic.

Le troisième se contenta de confirmer de la tête.

— Vous avez une idée de ce qui se passe? demanda Bob.

— C'est Halloween, fit Gerald.

— Pardon?

— C'est ce que Paul m'a dit, quand je lui ai demandé ce qu'il fabriquait là-haut.

— Et vous êtes sûr de n'avoir rien d'autre à me dire à moi?

— Je n'ai aucune idée de ce qui se passe, dit seulement Gerald, dépassé.

— Mon projectionniste et son fils, plus trois de mes guichetiers qui se volatilisent, et personne n'a rien à avancer comme explication?

— Peut-être qu'ils sont rentrés se coucher, dit Dominic.

— Peut-être, oui, sauf que...

— ... sauf que Paul n'a pas pu partir d'ici sans que je le voie, dit Gerald. Toutes les issues de service et de secours sont fermées.

— Vous l'avez vu?

— Evidemment que non.

— Donc, Paul est toujours là, son marmot aussi, mes employés aussi. C'est bon, filez. (Alors que Gerald s'éloignait, l'air perplexe:) Après tout, on ne demande pas à un maton de réfléchir.

Malgré le fait d'avoir été réveillé en pleine nuit, Bob savait que la journée de travail dans son cinéma n'était pas terminée, c'est pour cela qu'il s'était mis sur son 31, sachant qu'il verrait un grand nombre de personnes défiler devant lui. Il avait néanmoins espéré remettre les choses au clair sur-le-champ mais ces choses non seulement traînaient en longueur, mais avaient tendance à se compliquer.

Et Gerald ne l'aidait pas, alors que c'était lui qui l'avait alerté par téléphone, après être passé par la salle de projection où Paul se trouvait encore.

Lui aussi était pressé de rentrer se coucher. Il l'était d'autant plus qu'il était parti sans en informer son épouse, trop occupée à ronfler.

Avec un soupir exaspéré, il se tourna vers Dominic.

— Alors comme ça, selon vous, vos trois collègues aux guichets seraient rentrés chez eux sans que je leur en donne l'autorisation?

— Heu... possible, répondit Dominic, le regard fuyant.

— Oh, vous avez peut-être raison, après

tout, fit Bob. Tenez, vous savez quoi? Peut-être qu'ils sont rentrés dans une salle, histoire de s'accorder un moment de détente pépère, sans que je leur en donne la permission non plus. Qu'est-ce que vous en pensez?

– Heu... peut-être bien, monsieur...

– Peut-être bien... Oui, c'est une possibilité. Allez vérifier s'ils sont rentrés dans la salle 6, vous en profiterez pour me dire s'il y a eu du changement.

Dominic obtempéra sans rien dire et s'en alla. Bientôt, il disparut dans la salle 6. Bob et les deux autres eurent le temps de remarquer que la salle était toujours éclairée.

Rick, qui se trouvait toujours à mi-chemin entre les salles et les portes de sortie, ne manquait rien de ce qui se passait. Il pouvait même entendre ce qu'ils disaient.

– Alors, qu'est-ce qu'on fait, monsieur? demanda Irène, dont les yeux se fermaient un peu moins par rapport à tout à l'heure.

— Le meilleur dans tout cela, répondit Bob plus pour lui-même, c'est que je pourrais les appeler. Vous avez leurs numéros?

— Je pense que oui, répondit-elle.

— Moi aussi, fit l'autre guichetier, le dernier, un blondinet prénommé Mark.

— Appelez-les, même si ça ne servira pas à grand-chose, grinça Bob. Le plus important reste ce sacré moutard, et je doute qu'il ait un iPhone. Et je ne connais pas le numéro de son idiot de paternel.

Mark et Irène n'eurent aucune réponse. Certains des appels faisaient entendre une sonnerie, d'autres non. A chaque fois, ils secouèrent négativement la tête d'un air résigné.

— Soit il se passe réellement quelque chose de grave, soit quelqu'un s'amuse, fit Bob. Je ne pense pas que ce soit utile de rester là comme des idiots à les attendre. Il faut au moins essayer de les localiser.

— Donc, on recommence? dit Mark.

– Evidemment, qu'on recommence. Irène?

– C'en est bientôt fini dans les salles 5 et 8 dans une dizaine de minutes, répondit-elle après un moment.

– Allons-y.

Ils se dispersèrent mais il y avait encore du monde dans le hall principal. Et ce monde avait quasiment tous ses yeux fixés sur Bob depuis un bon moment.

Quand il fut laissé seul, ce fut la ruée; tous les gens présents se précipitèrent vers lui comme un seul homme.

Comme il était en mouvement, il ne s'en aperçut pas tout de suite. Le premier arrivé, poussé par la petite cohue, le bouscula sans le faire exprès, lui faisant presque perdre l'équilibre, et s'excusa tout de suite.

– Pardon, je suis désolé, lui dit-il.

Mais sa voix fut tout de suite dominée par celles de plusieurs autres, qui continuaient à avancer vers lui. Bob fut d'autant plus impressionné voire effrayé que tous étaient déguisés et maquillés, arborant des parures horrifiantes.

– Mon Dieu! C'est vous, Robert Faulkner? Le magnat de la presse?

– Ça alors, mais oui c'est bien lui! C'est incroyable!

– Que faites-vous ici à cette heure?

– Vous aimez le cinéma d'horreur?

– Quel film avez-vous vu, s'il vous plaît?

– Vous avez célébré Halloween, ce soir?

Rick s'était précipité et déjà, volait au secours de son patron. Une femme eut néanmoins le temps de placer cette question:

– Vous êtes toujours marié, monsieur Faulkner?

– Pas avec vous, désolé, fit Bob avant de s'extirper de la mêlée, avec l'aide de Rick.

Gerald s'en mêla et à deux, Rick et lui firent leur possible pour contenir tous ces groupies à tête de mort pendant que Bob s'éloignait le plus vite possible. Celui-ci avait déjà entendu la voix de femme lui répondre, à travers les autres voix de plus en plus stridentes: « Toute chose a une fin, vous le savez. »

En entendant cela, il s'était tourné vers la source de la voix et avait repéré une femme d'une trentaine d'années, déguisée en veuve noire, qui croquait des faux diamants en souriant affreusement.

6.

Gerald était de plus en plus intrigué. Il était là, à tenir une porte ouverte pour les spectateurs en partance, les yeux en permanence fixés vers l'intérieur de l'établissement.

Il attendait que son patron réapparaisse.

Celui-ci s'était encore évaporé, avec ce qui restait de ses employés aux guichets. Ils n'avaient toujours pas retrouvé le film, ni ce petit voleur de gosse, ni son idiot de père. Assez idiot pour avoir amené son rejeton sur son lieu de travail; assez aussi pour avoir déserté son poste alors qu'il y avait encore des films en cours de projection, et qu'un autre film était perdu.

Ce qui le laissait perplexe, c'était cette série de disparitions. Il avait beau faire, il ne parvenait pas à l'expliquer. C'était pour lui un mystère et il n'était pas assez doué pour en démêler les fils.

Il vit Faulkner revenir seul, lâcha la porte et courut dans sa direction.

— Monsieur Faulkner...?

— Où sont les autres? lâcha Bob rapidement.

— Je n'ai vu personne pour l'instant, dit Gerald.

Faulkner soupira. Il était épuisé.

— C'est la première fois qu'une chose pareille m'arrive, dit-il dépité, en secouant la tête. Un film égaré, des centaines de dollars perdus bêtement et comme si ça ne suffisait pas, on préfère aller dormir plutôt que d'essayer de régler le problème rapidement. Il y a encore du monde dans la salle 6. Je vais leur dire quoi?

— Je n'en sais rien, monsieur.

Bob le regarda avec indulgence.

— Il reste combien de salles encore occupées? demanda-t-il.

— Il en reste encore une, après celle-ci, dit Gerald.

— Vous en êtes sûr?

— J'ai intérêt.

— Plutôt.

— Rick est en train d'inspecter la salle.

— Bon, plus rien ne me retient ici je crois, à part une bande d'endormis, donc autant rentrer. Qu'en pensez-vous?

— Vous voulez rentrer?

— Pas vous?

— Je ne sais pas...

— C'est bien ce que je pensais.

— C'est la seule issue, toutes les autres sont fermées...

— Vous l'avez déjà dit. Et ça, il n'y a que vous pour en être sûr. Vous en avez peut-être laissé passer une.

— Je vous assure que non!

— D'accord. Je devrais passer la nuit à les chercher ici?

— Pas vous. Moi, je peux.

— Laissez tomber. Rentrez. Rick aussi.

— Pardon?

— C'est moi qui dirige cet endroit, je suis seul responsable de ce qui s'y passe. Le moindre problème, c'est à moi et moi seul d'y trouver une solution.

— Et à quelle solution vous pensez, pour ce problème-là?

— Aucune.

Les yeux de Gerald s'agrandirent.

— Vous ne comptez pas alerter la police? demanda-t-il. Il leur est peut-être arrivé quelque chose.

— Ici? Dans un cinéma? Vous voulez qu'il leur soit arrivé quoi?

— Ils ont tous disparu.

— Allons, on ne disparaît pas dans ce genre d'endroit. Ils sont toujours ici, sains et saufs. C'est Halloween, ils sont peut-être en train de monter un canular.

— A cette heure-ci?

— Ou alors, ils en ont tous eu marre et ils ont décidé de passer le reste de la nuit quelque part ici, purement et simplement.

– Sans vous le dire d'abord?

– Oui, peut-être histoire de protéger leur petit dortoir secret et d'avoir la paix.

– Mais...

– Ecoutez, ne le prenez pas mal mais vous êtes agent de sécurité et il n'y a aucune sécurité à assurer en ce moment. On parle ici de membres de mon personnel et votre boulot se limite à la clientèle. Ce n'est donc pas de votre ressort. Pour ma part, j'en ai un peu assez de voir des gens partir pour ne pas revenir, et je n'ai pas toute la nuit à perdre avec des jeunes qui cherchent sans doute à se payer ma tête. Donc autant arrêter les frais.

– Vous voulez vraiment que je vous laisse tout seul ici?

– Vous n'avez toujours pas compris. Je ne reste pas. Le temps que toutes les salles soient vides et que votre collègue finisse ses inspections, et je rentre. J'ai toutes les clés, et je pense être capable de fermer une porte. N'insistez pas, rentrez chez vous. Et n'appelez pas la police. Je vous l'interdis.

— Et la salle 6?

— Je m'en occupe avec votre collègue.

Pendant qu'ils parlaient, le cinéma s'était entièrement vidé. Gerald hésita encore un court instant puis se décida à lever l'ancre.

Il s'éloignait dans la nuit quand il entendit une serrure cliqueter; il se retourna. Bob lui fit signe de s'en aller.

Peu après, Bob congédia Rick une fois ses vérifications terminées. Il verrouilla la porte derrière lui, puis se détourna, s'éloigna et disparut.

Rick rejoignit Gerald sur le parking vide. Deux petits yeux rusés les épiaient depuis l'embrasure d'une fenêtre haute alors qu'ils devisaient. Rick s'attendait à ce que son patron sortît mais les lumières restaient obstinément allumées à l'intérieur de l'établissement. Bob restait invisible.

Le temps passait, rien ne changea. Rick

et Gerald finirent par se résigner et rentrèrent chez eux.

*

Gerald passa une bien mauvaise nuit. Une nuit passée avec un gros sentiment d'inachevé, comme s'il n'avait pas fait son devoir alors qu'il avait suivi les ordres de son patron jusqu'au bout. Il avait néanmoins l'impression de l'avoir quelque part laissé tomber, et cette impression dominait tout le reste.

Au fond, il ne savait pas quoi penser de ce qui s'était passé, ce qu'il avait vu et la façon dont Faulkner avait géré tout ça et lui avait parlé. Ça le dépassait complètement. Il avait mis toute la nuit, allongé dans son lit, à essayer de mettre le doigt sur une pièce manquante d'un puzzle dont les pièces, justement, semblaient ne pas s'accorder.

Tôt ce matin-là, le matin du jour des Morts, il se décida à retourner sur place alors que le cinéma était fermé pour la journée.

Il fallait qu'il voie comment les choses se présentaient là-bas. Histoire de se rassurer, de commencer la journée avec le sentiment inverse, celui du devoir totalement accompli, sans aucune discussion possible. Il prit donc sa voiture, arriva rapidement à destination et prit place dans le parking toujours aussi vide.

Les lumières étaient toujours allumées au rez-de-chaussée.

Un signal d'alarme retentit d'emblée dans sa tête. Il sortit de sa voiture et courut vers les portes.

A travers une des vitres, il aperçut rapidement quelque chose de suspect qui gisait sur le sol.

Il sortit ses clés de travail, ouvrit la porte, entra et s'avança.

La chose étendue par terre était un corps humain.

Un corps de jeune homme, ensanglanté au niveau de la gorge et du buste. Probablement sans vie.

Il porta les deux mains à son visage et recula lentement, hébété d'horreur.

Il se ressaisit néanmoins et sortit son téléphone, composa le numéro de la police. Pendant qu'il attendait, il put tourner sa tête qui le faisait déjà danser et crut apercevoir d'autres choses peu courantes.

Une voix finit par se faire entendre, il commença à parler avant de se rendre compte qu'il s'agissait d'un répondeur. « Nous sommes désolés, vous n'avez pas assez de crédit pour cet appel... »

Qu'est-ce que cela voulait dire? Il n'avait plus de crédit, c'était vrai, mais depuis quand le numéro de la police était-il devenu payant?

Déconcerté, il recommença, avec le même résultat.

Il abandonna avec un soupir agacé et, tanné par la situation d'urgence, avisa une cabine téléphonique, qu'il atteignit au pas de course. Il sortit un *quarter*[1]

1. Pièce de vingt-cinq *cents,* soit un quart de dollar américain.

d'une de ses poches et l'inséra dans l'appareil.

La pièce retomba, rejetée d'un jet, inutilisée.

Il recommença, réinséra la pièce qui retomba de la même façon. Toujours indésirable.

Il tira une volée de pièces de sa poche et, fébrilement, en tira un autre *quarter* qu'il inséra. Celui-là resta dans l'appareil.

Mais il n'y eut pas de tonalité.

Il s'acharna sur le support, la pièce ne retomba pas.

Désarmé, il en inséra un troisième, sans trop d'espoir.

La tonalité se fit entendre, il composa le 911.

On décrocha enfin.

Il tourna la tête et se mit en devoir de garder les yeux fixés sur le corps pendant qu'il parlait.

– Bonjour, monsieur... écoutez, je suis agent de sécurité, je voudrais signaler un fait divers...

– Où ça? demanda une voix fatiguée.

– Dans le cinéma, un corps d'homme, sans vie, un homme mort!

– Quel cinéma? fit la voix, incrédule mais toujours traînante. Le multiplex?

– Oui, celui annexe au centre commercial... c'est là que je travaille. Je viens d'arriver...

– Vous prenez vos fonctions?

– Non, mais...

– C'est jour férié, aujourd'hui, tout est fermé! Que faites-vous à l'intérieur, si vous n'êtes pas censé travailler? Surtout à cette heure-ci?

– Peu importe, un homme est mort!

– Ben, c'est le 1er novembre aujourd'hui, c'est la Fête des Morts, ne vous étonnez donc pas d'en voir un peu partout.

– Hein? Qu'est-ce que vous racontez? C'est bien la police que j'appelle?

– Oui, absolument.

– C'est jour férié pour vous aussi?

– Dites, vous savez l'heure qu'il est? Vous nous appelez à six heures du matin, un 1er novembre, soit le lendemain de

Halloween, depuis votre lieu de travail alors que vous n'êtes même pas censé bosser de la journée, pour nous dire qu'il y a un cadavre sous votre nez, et nous sommes censés rameuter toute l'armada? Votre macchabée, c'est peut-être un de vos potes qui fait une blague.

— Vingt dieux! (Gerald n'en revenait pas de ce qu'il entendait.) Vous croyez que j'appelle pour plaisanter avec vous? Je vous appelle pour vous signaler un homicide commis dans le cinéma, peut-être plus!

— Un homicide? Comment pouvez-vous en être si sûr? Vous avez pris son pouls?

— Si vous voulez, on peut discuter de tout ça sur place! Bougez-vous, petite feignasse, ou j'appelle les pompiers ou l'armée, ou la Garde nationale, peut-être les trois à la fois!

— Hé là, calmez-vous! Ne vous emballez pas! J'envoie deux unités. Vous êtes content?

Le flic flemmard raccrocha brutalement – si fort que le tympan de Gerald vibra.

Gerald raccrocha à son tour et, tout grelottant, commença, lentement, son inspection. La première chose qu'il remarqua par la suite, fut la grande salle elle-même... vierge de décorations macabres.

Tous les masques d'Halloween, toutes les citrouilles, les lanternes, les têtes de mort... tout avait disparu.

Pour laisser place à autre chose.

Gerald ne mit pas longtemps à inspecter le rez-de-chaussée. Il aurait aimé ne pas être le premier à faire un constat pareil. Il aurait surtout aimé ne pas être tout seul à le faire.

Il fut content de voir arriver la police.

Laquelle constata pas moins de douze cadavres qui gisaient sur le sol, dans des positions différentes et en des endroits différents, à travers le hall principal du cinéma. Parmi les corps se trouvait celui du dirigeant de l'établissement, le magnat Robert Faulkner. Et ceux de certains de ses employés.

D'autres victimes avaient été trouvées dans la salle 6. Toutes étaient cette fois des spectateurs, déguisés et maquillés; toutes avaient, à première vue, et comme celles à l'extérieur, succombé à des blessures à l'arme blanche. Poignardées ou égorgées. Certaines étaient restées en position assise; d'autres gisaient par terre, entre les sièges ou dans les allées. Les premiers enquêteurs dépêchés sur place n'avaient relevé aucune trace de lutte sur les deux scènes de crime, pas même de trace ou d'éclaboussures de sang autour des corps; leurs premières conclusions avaient donc été que les victimes avaient été tuées ailleurs puis déplacées dans le hall principal et dans la salle 6, dans une vraie mise en scène macabre.

Les policiers n'avaient relevé de pouls sur aucun des corps, ils avaient vite fait venir les ambulanciers qui n'en avaient pas relevé plus. Tous les corps avaient donc été évacués sur des civières, recouverts de draps blancs. Il n'y avait pas un seul survivant.

Fait troublant, le projectionniste ne figurait pas parmi les victimes. Gerald signala que le jeune fils de ce dernier était présent dans le cinéma la veille, que son père l'avait amené sur son lieu de travail; lui aussi était introuvable.

La police passa l'établissement au peigne fin, sans aucun résultat.

Gerald fut emmené au poste et interrogé. Il fut très surpris de se retrouver en deuxième position sur la liste des suspects, derrière le projectionniste, contre lequel avaient été lancés un avis de recherche et un mandat d'arrêt. C'était pourtant lui qui les avait informés, et il avait dû pas mal payer de sa salive pour y arriver. Son collègue, Rick, avait été appréhendé chez lui et subissait un interrogatoire séparé. Tous deux possédaient les clés des portes du cinéma et avaient donc très bien pu commettre leurs forfaits avant de sortir en toute tranquillité.

Mais Rick fit remarquer que le gérant se trouvait parmi les victimes; lui aussi possédait les clés. Les policiers lui rappelèrent qu'il était mort; Rick leur demanda s'ils avaient pris la peine de fouiller son corps à la recherche de clés, en précisant que s'ils n'en avaient pas trouvé et que si c'était lui, Rick, qui avait commis ce carnage, il n'aurait pas pris la peine de les prendre vu qu'il possédait déjà les siennes, qu'il leur montra.

Cela fit taire les policiers. Sans pour autant rayer Rick et Gerald de la liste des suspects.

Deux policiers se rendirent à la section funéraire de l'hôpital et fouillèrent le corps de Robert Faulkner, à la recherche des clés. Sans résultat là non plus.

Le meurtrier, quel qu'il soit, s'était donc servi des clés de Faulkner pour verrouiller une des portes derrière lui. Avant de s'en débarrasser.

Gerald et Rick furent néanmoins maintenus en garde à vue. L'un d'eux, si ce n'était les deux, aurait très bien pu soulager Faulkner de ses clés, avant ou après leur forfait; tout était à envisager.

Gerald n'en profita pas pour rattraper son retard de sommeil.

Bien entendu, toute la presse s'empara de l'affaire. En l'apprenant, les quotidiens dépêchèrent leurs gratte-papiers sur place, et ceux qui disposaient d'éditions du matin, les augmentèrent de leurs premiers compte-rendus à la dernière minute, et en changèrent radicalement les gros titres. Avec l'arrivée des chaînes de télévision et de radio, le cinéma devint une véritable ruche et les policiers eurent par conséquent un mal fou à effectuer leurs derniers prélèvements malgré le périmètre de sécurité.

L'on parlait ni plus ni moins d'un carnage perpétré dans un cinéma pendant ou après l'ultime séance de minuit, séance spéciale organisée dans l'établissement à l'occasion de la fête d'Halloween, laquelle revêtait donc sa tragique signification d'origine. Selon l'un des suspects, un agent de sécurité actuellement en garde à vue, la copie d'un des films prévus pour être projetés, a été mystérieusement égarée et n'a jamais pu être retrouvée à temps. C'est en essayant de remettre le plus vite possible la main sur ce film, que Faulkner et ses employés se seraient dispersés à travers l'établissement, et auraient ainsi disparu, les uns après les autres, au fur et à mesure des fins de projections. Hasard ou coïncidence, le film en question devait normalement être projeté dans la salle 6, la même dans laquelle une partie des corps des victimes a été découverte. Selon le même suspect, le film aurait en fait non pas été égaré mais volé par l'enfant du projectionniste, un garçon d'une douzaine d'années que son père avait amené sur son lieu de travail à l'occasion de la fête d'Halloween. Les soupçons se portaient donc plus que jamais sur le projectionniste, toujours très activement recherché, même si la présence d'un tiers n'était pas à exclure – elle était même de plus en plus envisagée. Quel que soit le coupable, il ferait une fixation par rapport au chiffre 6, désigné comme celui du Diable par la Bible; ce n'était sûrement qu'un détail, mais hasard ou non, en plus de la salle 6 où une partie des corps avait été retrouvée, le coup de fil passé par Gerald à la police l'avait été à six heures du matin.

Les agents de vidéosurveillance furent eux mis rapidement hors de cause, vu que les faits s'étaient produits après l'heure de fermeture de l'établissement, qui plus est dans des zones réservées aux membres du personnel, donc non desservies par leurs caméras.

La salle 6, tout comme les autres salles de cinéma, ne l'était pas non plus.

.

Trevor Duncan, le plus éminent médecin légiste de la ville, fit une douloureuse grimace en pensant qu'il devrait travailler à bâtons rompus ce jour des Morts, censé être chômé même pour lui. Il avait déjà planifié sa journée, dont il était censé passer une partie dans un cimetière pour célébrer un de ses grands-oncles décédés et mettre des bouquets sur sa tombe, comme beaucoup de citoyens le font ce jour.

C'était râpé.

La ville était en ébullition, ses rapports d'autopsie étaient attendus par toute une clique de magnats et de journaleux, lesquels s'en serviraient pour alimenter leurs articles à la noix. Il en était malade.

Parfois, il se demandait pourquoi il ne changeait pas de métier. Aujourd'hui, il se demandait pourquoi le sort l'avait conduit dans cette ville. N'importe où ailleurs, il serait en ce moment tranquillement chez lui, à profiter de cette journée de vacances.

Quand cette information lui était venue aux oreilles, ce carnage retentissant, c'était comme si le ciel lui était tombé sur la tête.

Combien de corps avaient atterri à la morgue? Combien d'entre eux lui faudrait-il autopsier avant que ces fondus des journaux n'obtiennent satisfaction? Quels délais lui donneraient-ils? Aujourd'hui, tout allait très vite; les médias, qu'il s'agissait de chaînes de télévision et de radio, de journaux et revues de presse, de sites d'informations en ligne, tous se livraient une guerre sans merci, c'était à qui aurait l'info qui tue en premier ou qui la diffuserait en premier et personne ne se faisait de cadeaux. Ils ne lui en feraient aucun à lui.

Il était déjà en route vers l'hôpital alors qu'il se montait désespérément la tête avec tout ça. La situation à l'hôpital ne l'aida pas à se décontracter. C'était celle qu'il redoutait. Tout le monde était sur les dents. Le rez-de-chaussée de l'établissement grouillait déjà de journalistes, prêts à lui mettre leurs micros sous le nez, espérant sans doute de lui qu'il leur dise déjà tout ce qu'ils voulaient savoir, alors qu'il ne savait rien du tout, qu'il venait à peine d'arriver et qu'il n'était même pas censé être là. La morgue, située au dernier étage, affichait plus que complet, elle débordait. Les corps étaient trop nombreux pour être directement transférés vers les services de police; de plus, les causes des décès ne nécessitaient pas d'enquête mais il fallait quand même suivre la procédure.

Il était d'avance certain de ne trouver personne en service; c'était jour férié, et allez savoir pourquoi, les assistants et autres larbins ne travaillent plus les jours fériés.

Il avançait lentement vers les ascenseurs en traînant la patte, la mort dans l'âme. Sa mine de déterré n'empêchait pas les journalistes et photographes de s'agglutiner tout autour de lui comme des abeilles surexcitées autour de leur ruche qui débordait de miel.

Alors qu'il pénétrait dans un des ascenseurs, il s'arrêta et se tourna vers eux, l'air scandalisé.

— Dites donc, vos n'allez pas me poursuivre jusque dans une cage d'ascenseur? Fichez-moi le camp! Je n'ai rien à vous dire!

Les journalistes s'écartèrent de l'ascenseur mais sans pour autant cesser de piailler et de faire crépiter leurs appareils, et sans abaisser leurs micros.

Les portes se fermèrent sous leur nez. Il en fallait bien plus pour les arrêter.

Ils se ruèrent vers les escaliers, qu'ils grimpèrent tous au pas de course.

Le médecin sortit de l'ascenseur et prit le chemin de la morgue; c'est là qu'il entendit une porte s'ouvrir derrière lui et la meute en sortir dans un flot de murmures de bêtes affamées. Il se mit à marcher plus vite et se surprit même à courir. Heureusement pour lui, un de ses assistants l'attendait; son chef put pénétrer dans la pièce sans avoir d'abord à déverrouiller la porte, juste avant d'être rejoint par les fauves. Son assistant boucla la porte en quatrième vitesse. Le vieux docteur put souffler.

Puis il contempla son assistant, un jeune bleusaille qui venait de finir sa formation.

— Bonjour, docteur, fit-il avec un petit sourire.

— Qui vous a dit de venir aujourd'hui? dit son supérieur.

— Personne. J'ai appris très tôt ce qui s'est passé, je me suis dit qu'il y aurait du boulot.

— Vous ne vous êtes pas trompé. (Le docteur regarda autour de lui. Il n'y avait presque plus d'espace libre dans la grande pièce. Les tables étaient plus nombreuses que d'habitude.) Merci d'être venu... je n'oublierai pas.

— De rien.

— Et merci pour la porte.

Il prit une grosse inspiration avant de se remettre en mouvement.

— Bon, allons-y... où est le corps de Faulkner?

— Je vais vous montrer.

Ils se faufilèrent non sans mal entre plusieurs tables. Toutes étaient occupées par un corps recouvert d'un drap.

Le jeune homme s'arrêta devant une des tables et enleva le drap.

Le corps nu sur la table était celui de Faulkner. Très blanc, assez gras, surtout au niveau des hanches. Immaculé si l'on exceptait plusieurs traces de coups à la poitrine, d'autres au visage, et celle d'un coup de poignard dans le thorax.

— Celui qui a fait ça s'est bien amusé, on dirait, dit l'ex-stagiaire.

– Vous croyez qu'il s'est amusé pareil sur tous les autres?

– C'est à nous seuls de le dire, docteur.

– Ça me paraît un peu dur à avaler.

– Ce n'est pas établi. Peut-être qu'il ne s'est acharné que sur lui. Ou non. C'est à nous de le dire, répéta le jeune homme.

– Oui... fit le praticien d'un air las. Mais c'est uniquement le rapport pour ce corps-là qui intéresse la presse. Les autres peuvent attendre. (A cette idée, il fut un peu rasséréné.) La seule chose à vraiment établir, c'est si le coup de poignard a été porté avant ou après le décès.

Il retroussa légèrement ses manches, se détendit les doigts.

– Bistouri, fit-il.

Son assistant lui en passa un et il l'abaissa sur le ventre du corps. Au moment où il allait inciser...

... une main lui saisit le poignet et arrêta net son geste.

Le docteur Duncan fut frappé de stupeur en constatant que cette main n'ap-

partenait pas à son jeune assistant...
mais au corps étendu sur la table!

Un corps qui avait ouvert les yeux et le regardait.

— Vous n'aurez même pas à vous en faire, doc, prononça le corps d'une voix monocorde. (Le médecin ouvrit des yeux encore plus gros que des soucoupes. Qui s'agrandirent encore un peu plus quand le corps se redressa à moitié sur la table, les yeux toujours dans les siens.) Et faites attention avec ce truc-là. Ça peut être dangereux.

Le médecin, lui, ne bougeait pas, comme paralysé, la bouche et les yeux grands ouverts. Il lâcha le bistouri qui tomba à terre, et poussa un râle.

Qui ne signifiait qu'une chose.

Son jeune assistant fut à son tour pris d'effroi. Le docteur faisait un début de crise cardiaque!

Faulkner le comprit aussi, qui s'extirpa de la table, nu comme un ver. Il lui prit le visage entre ses mains.

— Docteur... docteur...?

– Allongeons-le par terre! fit le jeune assistant.

Ce qu'ils firent, pendant que d'autres corps, en tout une vingtaine, comme mus par un signal, s'extirpèrent des draps puis sautèrent de leurs tables, avant de se masser autour du vieux médecin allongé par terre, de son assistant et de Faulkner.

Il s'agissait des prétendues victimes du massacre commis dans ce cinéma, pendant la nuit. Irène, Dominic et les autres employés aux guichets, en plus des spectateurs dans la salle 6, dont Mary Ann et la bonne fée faisaient partie. Tous, bien vivants, bien portants et dans le plus simple appareil – sauf un.

– Il fait un infarctus! s'écria l'assistant.

– J'avais compris, dit Faulkner. Ce n'est pas le moment de s'affoler. Vous savez ce qu'il faut faire dans un cas pareil?

– Heu... oui... dit l'ex-stagiaire.

Les râles continuaient, de plus en plus prolongés, se muant en soupirs d'agonisant.

– Alors faites-le...!

Le docteur s'immobilisa brusquement.

– Grands Dieux! fit son jeune collègue, éberlué.

Il fallait qu'il agisse vite avant que son supérieur ne devienne client de sa propre morgue. Si ce n'était pas déjà le cas.

Il lui fit un premier massage cardiaque, puis lui ferma les narines avant de lui faire du bouche-à-bouche. Cela dura une dizaine de secondes, puis il se remit à lui travailler le cœur.

Et il recommença le processus, alternativement, mettant toujours plus de force dans le massage, tapant toujours plus fort sur le cœur, encouragé en cela par les autres, qui paraissaient affectés, abasourdis par la tournure que prenait la chose. Un éminent médecin était en train de mourir pour de vrai et c'était leur faute, pleine et entière. Ce qui était le comble de l'absurde, après la comédie morbide qu'ils avaient si bien jouée, au point de finir à la morgue, allongés sur des tables métalliques, tout nus et recouverts de draps blancs.

Au bout de deux longues et pénibles minutes, les encouragements cessèrent pour laisser place à la résignation et à une consternation grandissante, tandis que le jeune homme continuait sa tentative de réanimation avec obstination, comme si c'était sa propre vie qui était en jeu. Il n'était en tout cas pas question de laisser cet homme, cette éminente personnalité, mourir aussi bêtement, le lendemain de la fête d'Halloween, à cause d'un canular qui avait trop bien fonctionné. Ce serait bien trop cruel.

Faulkner l'avait choisi parce que c'était le plus jeune dans l'équipe du légiste, et lui avait donné une grosse somme d'argent pour le mettre dans le coup; il ne pouvait tout simplement pas imaginer que le prix à payer en retour serait celui-là...

Donc il continua à faire travailler le cœur fatigué et inerte de son chef... et finit par en venir à bout. A lui redonner le peps nécessaire.

Soudainement, le docteur rouvrit grand la bouche et poussa un nouveau râle. Très différent. Celui qu'on fait quand on prend une longue et pénible inspiration.

Il reprit conscience, déclenchant de multiples exclamations d'incrédulité, de joie et de soulagement. De tout cela, Bob ferma les yeux, puis baissa la tête.

– Docteur... haleta le jeune secouriste qui soufflait comme un phoque, épuisé mais surtout soulagé.

Il l'avait échappé belle. Il venait de finir sa formation, qui lui avait coûté les yeux de la tête; cela aurait été en pure perte s'il n'avait pas réussi à réanimer son patron. Aucun médecin légiste dans tout le pays, si ce n'est dans le monde entier, n'aurait voulu de lui après un truc pareil. Il n'aurait plus eu qu'à dire adieu à sa carrière.

Le docteur le regarda.

– Vous... (Sa respiration était toujours

difficile. Il regarda autour de lui.) Remettez-moi debout, s'il vous plaît. Ça va aller...

Ils remirent lentement le vieil homme sur pied, et laissèrent sa respiration revenir, petit à petit, à la normale.

— Nous sommes tellement désolés, docteur, dit Irène.

— Je croyais que la première condition, quand on veut exercer votre métier, c'est d'avoir le cœur bien accroché, dit Faulkner en souriant, le tenant toujours par les épaules.

— Vous avez tout à fait raison, dit le médecin d'une voix mi-chuchotée. En toutes circonstances. (Il regarda autour de lui, découvrit son public de faux fantômes drapés de blanc, qui lui souriaient avec chaleur. Sans avoir l'air de comprendre.) Alors comme ça...

Faulkner hocha la tête.

Le docteur regarda son assistant en nage, qui fit le même geste.

Alors il comprit... et fut pris d'un fou rire.

Il n'éclata pas pour autant, ce fut un rire silencieux mais ses épaules, on pouvait dire tout son être, prit cher. La crise se fit irrépressible.

Et contagieuse.

Et dura une bonne minute et demie.

— Excusez-moi, docteur, fit quelqu'un situé à l'arrière de l'auditoire, alors que les rires s'estompaient quelque peu.

Les têtes hilares se tournèrent vers la source de la voix. C'était le seul être habillé parmi ceux qui s'étaient levés des tables.

Paul. Le projectionniste.

— Nous sommes tous profondément navrés, pour ce qui vient de vous arriver, dit-il.

— Tout à fait, docteur, approuva Bob dans la foulée, avec le plus grand sérieux. Vraiment, toutes nos excuses les plus sincères. Et je parle en notre nom à tous.

— Laissez tomber, fit le docteur en secouant la tête. Ce n'est pas trop grave. Tout le monde y passe, un jour ou l'autre. Je suis un vieil homme; des cadavres, j'en vois tous les jours, je verrai le mien tôt ou tard. Grâce à vous, je vais passer une excellente journée. J'espère que les rapaces qui attendent derrière la porte tomberont tous de la même manière.

Les autres approuvèrent dans un concert d'applaudissements nourris.

– Juste une question, reprit Paul, vous n'auriez pas quelque chose à donner à ces gens... histoire qu'ils ne sortent pas d'ici tout nus?

La porte s'ouvrit et la troupe de comédiens sortit de la morgue, Faulkner en tête. Il s'arrêta face aux journalistes et photographes agglutinés devant lui. Ceux-ci ne purent faire rien d'autre que de le regarder, immobiles, abasourdis. Tous, bien évidemment, l'avaient reconnu tout de suite.

Pendant plusieurs secondes, le silence fut total. On aurait entendu un bébé moustique voler.

Eux qui étaient constamment en quête

de l'info optimale, ils y avaient droit, tous en même temps. Ils étaient servis.

Mais celle-ci était visiblement un peu trop raide.

Faulkner se remit en mouvement, suivi des autres. Hormis Paul, tous ne portaient que des blouses blanches qui leur allaient plus ou moins bien.

Sans faire attention à ceux qu'ils croisaient et qui les regardaient passer du même air incrédule, ils traversèrent le corridor et descendirent par l'escalier.

Ils atteignirent le rez-de-chaussée et là, alors qu'il allait atteindre les portes, Faulkner avisa un écran de télévision placé en hauteur.

On parlait de lui aux informations. La nouvelle de sa tragique disparition était développée, un vibrant hommage lui était rendu sur les ondes.

Il s'immobilisa, les yeux rivés sur l'écran plat.

– Ceux qui veulent sortir, faites-le, dit-il.

Seuls deux de ses compagnons sortirent du groupe, tous les autres restèrent, désireux de ne pas rater une miette de ce qui allait suivre – surtout Paul qui avait besoin d'être vu par la police en compagnie de ses prétendues victimes.

Un sourire se dessina sur le visage de Faulkner alors que son portrait était brossé par la jolie présentatrice.

– Qu'est-ce que vous en dites? questionna Irène, restée provisoirement à ses côtés.

– Ils en rajoutent pas mal, dit Bob. Ils grossissent le trait. C'est ça que je n'aime pas chez eux.

Pendant ce temps, les journalistes, qui avaient quelque peu perdu leur appétit habituel, alors qu'ils tenaient le scoop de l'année, peut-être de la décennie, se massaient autour de lui, prenaient des photos, des vidéos, cherchaient à le faire parler.

Ce qu'il finit par faire.

8.

Plus tard dans l'après-midi, Gerald et Rick furent libérés. Bob était présent, tiré à quatre épingles; il avait donné comme consigne aux policiers de ne pas les faire sortir en son absence. Paul était également-ment là, avec son fils Damien. Et pas mécontent que sa mini-cavale ait pris fin.

Rick était hilare; il trouvait toute cette histoire bien marrante. Gerald, lui, faisait la gueule. A cause d'un simple canular – génialement mis en scène, il devait le re-connaître –, il avait passé l'une des plus mauvaises nuits de sa vie, pour ensuite se retrouver dans une espèce de musée des horreurs puis finir au commissariat, avec une inculpation pour multiple homicide qui lui pendait presque au nez.

Il était d'autant plus énervé qu'il aurait dû se douter de ce qui se tramait. Faulkner s'était servi de lui, l'avait pas mal manipulé mais il avait quand même laissé traîner des indices, pire, il les avait mis à sa portée. Il s'était montré incapable d'en saisir un seul par la queue.

— Allons, allons, dit l'un des policiers qui ouvrait la porte de la cellule, on ne vous a jamais accusé de quoi que ce soit. On vous a juste gardé ici en attendant que l'affaire se décante.

— Ne faites pas cette tête-là, dit Bob.

— Ne me parlez pas, dit Gerald qui le foudroyait du regard.

Bob souriait.

— Tu ne veux même pas savoir si j'étais dans le coup? fit Paul.

— Je ne veux rien savoir, dit Gerald en le regardant avec colère, je veux juste rentrer chez moi.

Les trois hommes haussèrent les épaules et le laissèrent partir.

Ce fut donc Rick qui apprit en premier que Bob, pour peaufiner sa mise en scène, s'était entouré de toute une équipe de maquilleurs et de spécialistes des trucages, qui avaient opéré dans la salle 6 et aussi dans une pièce isolée au dernier étage du cinéma, avec pour mission de travailler sur Bob et ses volontaires (surtout des proches, membres de sa famille et collègues de travail) et de simuler des coups et des blessures mortelles à l'arme blanche sur leurs corps habillés, qu'ils soient maquillés ou non, avec du vrai sang. C'était dans cette pièce qu'une partie des volontaires s'était un à un, ou deux par deux, donnée rendez-vous, l'autre partie étant restée dans la salle 6. Sitôt l'équipe au complet, et avec l'assurance définitive que les deux agents de sécurité étaient partis, et seulement à ce moment, les techniciens s'étaient mis au travail, dans les deux salles.

— Vous nous avez donc observés, Gerald et moi, quand nous nous sommes retrouvés sur le parking? questionna Rick.

— Oui, et vous aviez tendance à prendre votre temps. Pendant un instant j'ai pensé à téléphoner à vos femmes pour qu'elles vous disent de rentrer illico, voire qu'elles viennent vous ramasser. Mais vous avez fini par filer.

— Vous saviez qu'il reviendrait...?

— Il m'aime bien.

Bob continua en lui parlant d'un obscur produit dont il avait déjà parlé avec le médecin légiste, une substance utilisée pour ralentir le rythme cardiaque à raison d'une seule pulsation toutes les sept à dix secondes environ. Une fois administré, ce produit plonge assez rapidement une personne dans une léthargie quasi-totale, tout en la maintenant en vie, à un stade intermédiaire. L'autre conséquence, c'est qu'à moins d'une chance inouïe, personne ne pouvait être en mesure de sentir le moindre pouls entre deux légers battements, et donc de conclure à autre chose qu'au décès.

— C'est mon fils qui m'a parlé de ce truc, précisa Bob. Il avait vu ça dans *X-Men*.

Comment Bob avait amené toutes ces personnes, même si ces personnes étaient des proches, à se laisser administrer un tel produit uniquement pour aider à monter un canular, c'était une chose que Bob préféra garder pour lui. Il n'était même pas sûr de le savoir lui-même.

Bob termina en précisant qu'il avait monté son coup surtout pour se venger de certains groupes de presse et autres médias, notamment télévisés, qui l'avaient traîné dans la boue à l'occasion de son divorce, des années auparavant, ce qu'il n'avait jamais digéré. Il avait pu se remarier par la suite mais avait quand même laissé pas mal de plumes dans cet épisode, tant financières que morales.

Ce fut seul qu'il se rendit à l'hôtel de ville, où le maire l'avait convoqué. Celui-ci, bien entendu, ne trouvait pas du tout ça drôle et était assez contrarié. De plus, pour ne pas dire raison de plus, les élections approchaient et il savait que Faulkner projetait de s'y présenter contre lui – il en avait encore le temps. S'il le faisait, il savait qu'il y aurait 75% de chances qu'il y laisse son fauteuil. Il suffisait toujours qu'un candidat à une élection jouât les trompe-la-mort, même en simulant et sans s'en cacher, pour qu'il devienne illico une icône; tout le monde va voter pour lui, même si son programme ne vaut pas plus qu'un plat de lentilles.

Le plus important était donc de faire comprendre à Faulkner qu'il était fondamental que la ville continue à être administrée par une personne sérieuse et mature, et non par un vieux plaisantin qui s'était trouvé une âme d'adolescent. Dans ce but, il avait amené son adjoint et tout le reste de sa clique.

Quand Faulkner fit son apparition dans le bureau du maire, il vit un poste de télévision allumé, qui retransmettait les dernières informations. Toute la presse était aux abois; personne ne savait trop comment traiter cette nouvelle totalement contradictoire avec ce qu'ils avaient fait passer tôt dans la matinée. Bob avait réussi à faire des médias les dindons d'une simple farce.

— Regardez ça, éructa le maire. Vous êtes fier de vous?

— Ce sont des professionnels, ils s'en sortiront, répliqua Faulkner avec dédain.

— Vous vous rendez compte de ce que ça va coûter à la ville? demanda l'adjoint du maire. A toute la municipalité?

— La municipalité va vite rentrer dans ses frais, ne vous inquiétez pas. Parce que tous les gosses de riches du pays vont se donner rendez-vous ici. Je suis en train de vous faire une réclame d'enfer, à vous et à votre belle cité, je pense donc que vous devriez me remercier. De plus, il y a pas mal de gros bras dans cette ville qui rêvent de me voir hors-circuit pour l'éternité; je leur ai donné quelques heures de bonheur. Est-ce mal?

Le maire leva les bras au ciel.

— Vous êtes retombé en enfance ou quoi? tonna-t-il. Quoi, vous avez visité toutes les maternelles de la ville, avant de faire votre numéro? Expliquez-moi, qu'est-ce qui vous est passé par la tête?

Bob fit semblant de bouder comme un gamin pris en faute. Intérieurement, il était plus hilare que jamais.

— Alors quoi, fit-il en prenant un air malheureux, si on ne peut même plus plaisanter...